La Belle Lurette

Les Mésaventures du roi Léon

La Belle
Lurette

texte de Jean-Pierre Davidts
illustrations de Claude Cloutier

Boréal Maboul

Les Éditions du Boréal remercient le Conseil des Arts du Canada
et la SODEC pour leur soutien financier.

© Les Éditions du Boréal
Dépôt légal : 3ᵉ trimestre 1997
Bibliothèque nationale du Québec

Diffusion au Canada : Dimedia
Distribution et diffusion en Europe : Les Éditions du Seuil

Données de catalogage avant publication (Canada)
Davidts, Jean-Pierre

    La Belle Lurette

    (Boréal Maboul)

    (Les Mésaventures du roi Léon ; 4)

    Pour enfants.

    ISBN 2-89052-847-2

    I. Cloutier, Claude, 1957- . II. Titre. III. Collection. IV.
Collection : Davidts, Jean-Pierre. Mésaventures du roi Léon ; 4.

PS8557.A818B44   1997   jC843'.54   C97-940787-5
PS9557.A818B44   1997
PZ23.D38Be   1997

1

Bal au palais

La Grande Douairière, une autruche pré nommée Irma, déclara :

— Ce bal sera le plus magnifique de ma carrière. Les débutantes viendront de partout. L'orchestre sera dirigé par le chat Kovski en personne. Et Maître Alé préparera un superbe banquet.

Le roi Léon étouffa discrètement un bâillement.

— Merveilleux. Est-ce tout ?

— Majesté ! Nous en avons pour la journée ! Il y a encore des tas de choses à régler.

— Euh… vous vous débrouillerez très bien sans moi. J'ai promis à Maître Aplussbé, le Grand Comptable, que je l'aiderais. Il doit compter les confettis afin de savoir s'il en reste assez pour la fête.

— Quel dommage ! Moi qui me faisais une telle joie de vous montrer les robes de ces demoiselles !

— J'en suis navré, mais les affaires du royaume passent avant le plaisir.

Le roi prit congé de Dame Irma. Ouf ! Il l'avait échappé belle. Parler chiffons toute la journée. Brrr ! Rien que d'y penser, il en avait des frissons dans le dos.

Le roi emprunta la galerie des Glaces, où on avait l'habitude de manger de la crème glacée. Il se dirigeait vers ses appartements quand il rencontra Dame Kiri, une vénérable vache chargée d'accueillir les visiteurs au palais.

— Majesté, permettez-moi de vous présenter la fille de ma meilleure amie. Lurette, dis bonjour au roi Léon.

Dame Kiri s'écarta. Une panthère apparut derrière elle. Une jolie panthère aux

yeux bleu azur et à la fourrure si noire qu'elle jetait des reflets bleutés. Lurette fit une gracieuse révérence.

Le roi avait toujours eu un faible pour les panthères. Il bafouilla :

— Euh... entanché de faire votre conséquence, euh... connaissance. J'espère que vous vous plairez au balai, euh... au palais.

— Merci, Sire. Vous êtes trop gentil.

Lurette se redressa, sourit en battant des cils et suivit Dame Kiri, abandonnant le roi Léon à ses occupations.

Dix minutes plus tard, Maître Alexandre, le Grand Chambellan, qui passait par là, découvrit le roi au même endroit. Immobile, légèrement penché en avant, notre lion tendait la patte comme pour recevoir celle d'un autre animal. On aurait juré une statue de cire !

2
Chaud et froid

Maître Alexandre crut d'abord que le roi était malade.

— Quelque chose ne va pas, Sire ?

— Hein ! Euh… Je ne sais pas. J'ai chaud, j'ai froid. Mon cœur bat comme un tambour. J'ai les pattes qui tremblent et la tête qui tourne.

— Ce doit être la grippe.

— La grippe ? Oui, oui. Vous avez raison. C'est sûrement ça. La grippe.

— Je suis heureux de vous avoir trouvé,

Majesté. Je vous cherchais pour la leçon de danse.

Le roi Léon poussa un soupir.

— Dois-je vraiment y aller ?

— Rappelez-vous ce qui est arrivé l'an dernier, Sire. Vous vous êtes empêtré les pieds dans votre cape. Moralité, votre partenaire est tombée dans le bol de punch aux fruits.

— Tout compte fait, je ne danserai pas cette année. Je ne me sens pas très bien. La grippe, vous savez.

— Impossible, Majesté. Le règlement dit que vous devez accorder la première danse à une débutante.

— C'est idiot. Qui a écrit pareille stupidité ?

— Vous, Sire. Il y a trois ans, quand le léopard Assol a invité la jolie gazelle Adèle à danser avant vous.

— Hum ! Encore un jour où je devais être grippé.

À ce moment précis s'approcha un groupe de dames, parmi lesquelles Lurette. Toutes les dames saluèrent le roi au passage,

mais la jolie panthère ajouta un sourire à sa révérence, spécialement à son intention.

Le roi Léon sentit une bouffée de chaleur lui monter au visage. Son cœur se mit à jouer de la grosse caisse dans sa poitrine, tandis que ses pattes flageolaient[1]. Que lui arrivait-il ?

Maître Alexandre s'aperçut du malaise du roi.

— Vous avez vraiment mauvaise mine, Majesté. Peut-être devriez-vous vous étendre quelques minutes avant la leçon.

Le roi se dit que le Grand Chambellan n'avait pas tort. Il pria donc Maître Alexandre de venir le chercher une heure plus tard.

_____

1. *Flageoler* signifie « trembler ».

3

Le mal
d'amour

Le roi Léon n'avait jamais éprouvé tant de difficulté à trouver le sommeil.

L'oreiller était trop dur d'un côté et trop mou de l'autre. Le roi transpirait sous la couverture, mais grelottait dès qu'il l'enlevait. Il avait faim, soif, et la plante des pattes lui démangeait. Quand le Grand Chambellan revint une heure plus tard, le roi était toujours aussi mal en point.

— Cette grippe est terrible, dit-il. Je n'arrive pas à dormir. J'ai même perdu l'appétit.

Pourtant, c'est étrange, je n'ai pas de fièvre et mon nez ne coule pas.

Le Grand Chambellan prit un air songeur.

— Hum ! Je crains qu'il ne s'agisse pas de la grippe. Je vous ai bien observé tout à

l'heure, Majesté. Je pense que vous souffrez du mal d'amour.

Le roi porta les pattes à sa bouche.

— Le mal d'amour ! Diable, j'espère que cela ne donne pas de petits boutons. Quelle est cette maladie ?

— Il ne s'agit pas à proprement parler d'une maladie, Sire. Vous êtes amoureux.

Les pattes sur la poitrine, le roi protesta :

— Moi ! Amoureux ? Jamais de la vie. C'est parfaitement ridicule.

— Croyez-moi sur parole, Majesté. Les zèbres sont des experts en la matière. Je reconnais un amoureux quand j'en vois un, foi d'Alexandre.

— Impossible. Si j'étais amoureux, je le saurais.

— Permettez-moi de tenter une expérience, Majesté. Écoutez. Dites-moi très vite à quoi ces mots vous font penser, sans réfléchir. Ballon…

— Rond.

— Neige…

— Blanc.

— Lurette…

À ce nom, les yeux du roi se perdirent dans le vague. Un sourire béat se dessina sur ses lèvres et il posa les pattes sur son cœur.

— Là, vous voyez, Majesté. Vous êtes amoureux de Lurette.

Les yeux du roi s'agrandirent.

— C'est merveilleux. Moi, amoureux ! Allez la chercher, je vais l'épouser sur-le-champ !

Le Grand Chambellan s'efforça de modérer les ardeurs de son maître.

— Vous n'y songez pas, Majesté. Vous la connaissez à peine.

— C'est juste. Faites-la venir ici que nous fassions connaissance. Je l'épouserai après.

— Je regrette, Sire. Seules la reine et la fiancée du roi peuvent entrer dans la chambre royale. C'est le règlement.

— Encore ! Cette fois, ce règlement ne vient sûrement pas de moi.

— Justement si, Majesté. Rappelez-vous le jour où Dame Cunégonde, la Grande Coiffeuse, voulait vous mettre des bigoudis.

— Oui, je me souviens maintenant. Ne pourrions-nous faire une exception pour Lurette?

— Certainement pas. De toute façon, il faut nous dépêcher. Nous sommes en retard. Maître Lentino doit s'impatienter.

4

Aïe ! Aïe ! Aïe !

Le veau Lentino, que tout le monde appelait « le beau Rudolf », avait pour tâche d'enseigner la danse aux habitants du palais. Il salua le roi à son entrée :

— Bonzour, Mazesté. Comment allez-vous ?

— Cela pourrait aller mieux.

Maître Valentino lui fit signe d'approcher.

— D'abord, Mazesté, ze vais vous montrer comment tenir votre partenaire. Venez plus près. N'ayez pas peur, ze ne vous

manzerai pas. Là. Vous voyez, ce n'est pas si difficile. Posez la patte droite ici. Bien. Maintenant, donnez-moi l'autre patte et prenez la mienne. Redressez-vous, vous êtes tout mou. Qu'y a-t-il?

Le roi avala de travers.

— C'est que… je me sens un petit peu ridicule.

— C'est normal, Mazesté. Oubliez qui ze suis. Imazinez que vous avez votre bien-aimée dans les bras.

Le roi avait de l'imagination, mais les grands yeux de veau de Maître Lentino étaient loin de ressembler aux doux yeux bleus de Lurette.

Le Maître de ballet poursuivit sa leçon :

— Ze vais vous apprendre le pas de base. Avancez le pied gausse. Pas tant que ça ! Amenez le pied droit contre lui. Aïe ! Rentrez les griffes quand vous dansez, Sire.

— Je vous demande pardon.

— Ce n'est rien. Maintenant, faites un

pas de côté. Non, avec le pied droit. Aïe ! Le pied gausse suit. Ensuite, le pied droit le rezoint. Voilà. Il ne nous reste plus qu'à répéter.

Maître Lentino fit signe à son assistant, l'ara[1] Jistreur, de fredonner une mélodie.

— En cadence. Allons-y. Un, deux, aïe ! trois. Un, aïe ! deux, trois, aïe ! Les griffes, Mazesté. Rentrez les griffes. Aïe ! un, aïe ! deux, trois, aïe !

Au bout d'une heure de ce traitement, Maître

---

1. Sorte de perroquet.

Lentino jugea préférable de mettre fin à la leçon. Ses sabots lui faisaient si mal que s'il avait pu, il les aurait enlevés.

— Cela suffira pour auzourd'hui, Sire. Exercez-vous et cela devrait bien se passer. Et de grâce, ayez pitié de votre partenaire. Rentrez les griffes !

5

Un gras dégôt

Le roi quitta Maître Lentino tout guilleret[1].
Il savait danser ! Oh, il avait bien écrasé les
pieds du Maître de ballet une ou deux fois.
Enfin, disons trois ou quatre. Mais au début
seulement. À la fin, il maîtrisait parfaitement
le pas.

Le roi entra dans la Salle des pas perdus,
où nul ne pouvait se perdre. L'air de mu-
sique lui était resté en tête. Un, deux, trois.
Un, deux, trois. Un pas en avant, un sur le

---

1. *Guilleret* veut dire « très gai ».

côté, un en arrière. Il avançait en tournant, comme s'il valsait avec une partenaire invisible.

Tout à coup, il entendit rire dans son dos.

De surprise, le roi s'embrouilla dans ses pas. Au lieu d'aller à droite, son pied recula. Ses griffes s'accrochèrent dans sa cape. Il perdit l'équilibre et tomba par terre, sur le derrière.

Il entendit quelqu'un accourir, puis la voix de Lurette.

— Oh, Sire. Je suis désolée. J'espère que vous ne vous êtes pas fait mal.

La jeune panthère l'aida à se relever.

— Non, non, merci. Tout bas vient euh... tout va bien.

Lurette épousseta sa cape.

— J'allais rejoindre les dames pour le thé. Pourquoi ne m'accompagneriez-vous pas, Majesté ?

— Euh... si vous insistez. Mais alors, tuste une jasse, euh... juste une tasse.

L'arrivée du roi Léon au bras de Lurette scma le brouhaha dans le salon de thé. Dame Kiri se leva pour les accueillir.

— Majesté, vous ici ? Quel honneur !

Le roi se sentait mal à l'aise parmi ces robes et ces fanfreluches, mais il aurait supporté n'importe quoi pour rester près de Lurette. Il s'assit entre la jolie panthère et la grosse vache. Dame Kiri le servit.

— Prenez-vous du lait ou du citron dans votre thé, Sire ?

— Voui, répondit distraitement le roi.

Lurette rit.

— Hi, hi, hi. Vous êtes si drôle, Majesté.

— Appelez-moi Léon.

— Oh ! Je n'oserai jamais, Sire.

— Nosez, nosez.

— Hi, hi, hi. Vous êtes trop gentil, Majesté. Si je ne me retenais pas, je vous embrasserais le bout du nez. Comme ceci.

Lurette déposa un baiser sur le museau

du roi qui en laissa tomber sa tasse. Le thé éclaboussa la cape. Effarée, Lurette s'empara d'une serviette pour éponger le dégât.

— Oh ! pardonnez-moi, Majesté. Votre belle cape.

— Ma balle kèpe ?

— Hi, hi, hi. Laissez-la-moi. Je vous la rapporterai dès que je l'aurai nettoyée.

Le roi sentit sa tête tourner. Son cœur battait tellement vite qu'il en avait le vertige. Oubliant les consignes de Maître Alexandre, il déclara bien haut :

— Lurette, voulez-vous m'épouser ?

Dans la pièce, toutes les cuillères retombèrent dans leur tasse avec un grand *clinggg*.

6

L'ouragan Lurette

En une heure la nouvelle avait fait le tour du palais. « Le roi Léon s'est fiancé. Il a demandé la patte de Lurette ! »

Alerté, le Grand Chambellan surgit dans les appartements royaux.

— Sire, Sire ! Qu'est-ce que j'apprends ? Vous avez demandé Lurette en mariage ?

— N'est-ce pas merveilleux, elle trouve que j'ai un joli nez.

— Majesté, je vous avais recommandé d'attendre. Et le règlement ?

— Le règlement, le règlement ! Tant pis

pour le règlement. Qui est le roi ici, après tout ?

— Que dites-vous, Majesté ! Où irions-nous si le roi ne montrait pas l'exemple ? Et puis, celui qui ne respecte pas le règlement s'attire toujours des ennuis.

— Elle m'a appelé Léon. N'est-ce pas merveilleux ?

Le Grand Chambellan soupira. Inutile de raisonner avec le roi quand il était dans cet état. Tout à coup, on cogna à la porte.

Maître Alexandre alla ouvrir. Lurette s'engouffra dans la pièce en le bousculant.

— Je vous rapporte votre cape, Léon.

Le Grand Chambellan protesta :

— Madame, surveillez vos manières. C'est à votre souverain que vous vous adres-

sez. Et on n'entre pas dans sa chambre comme dans un moulin !

— Cette chambre est celle de mon fiancé. N'est-ce pas Léon ?

— Voui.

— Et puis, qui êtes-vous, vous, pour donner des ordres à votre future reine ?

— Alexandre, le Grand Chambellan, Madame.

Lurette se tourna vers le roi.

— Vous choisissez mal vos serviteurs, Léon. Aussitôt que nous serons mariés, c'est moi qui m'en chargerai. Je ne veux pas de zèbre pour Grand Chambellan. Les rayures me grossissent.

Lurette examina la pièce avec intérêt. Elle s'approcha de la commode.

— Qu'y a-t-il là-dedans ?

Elle ouvrit le premier tiroir sans attendre la réponse.

— Des billes ? Voyons, Léon. Un roi, jouer aux billes ! C'est indigne de votre rang. Vous me jetterez tout ça. Et qu'est-ce que je vois là ?

Le deuxième tiroir renfermait la collection de couronnes du roi. Il y en avait en or, en argent et en platine, avec des diamants et avec des pompons, des couronnes du dimanche et des couronnes pour aller jouer dehors. Lurette en prit une, l'examina d'un œil dédaigneux et la laisser tomber. Quand la couronne fit *clangggg*, le roi sursauta malgré lui.

— Ces couronnes sont démodées. J'aurai l'air ridicule à côté de vous, si vous les portez. Débarrassez-vous-en.

La panthère poursuivit son inspection sous les yeux éberlués[1] du roi et du Grand Chambellan. Enfin, elle ouvrit l'armoire. Les capes du roi étaient accrochées à l'intérieur. Il y en avait des pourpres, des écarlates et des vermeilles, avec des franges et avec des fanfreluches, des capes de cérémonie et des capes sport.

---

1. Étonnés.

— Pouah ! Vraiment Léon, quel manque de goût ! Après les noces, je veillerai personnellement à votre habillement. Je vous vois très bien en cape jaune à pois mauves. J'aime beaucoup le jaune. Bon. Eh bien, en voilà assez. Je vais me préparer. Ne soyez pas en retard, Léon. J'ai horreur de ça. N'êtes-vous pas impatient ? Bientôt, nous serons mariés et nous ne nous quitterons plus jamais.

7

Désespoir

Le roi Léon n'en revenait pas. La jolie, la mignonne, la douce Lurette était en réalité une véritable chipie !

Le Grand Chambellan confirma son opinion :

— Cette panthère est une vraie tigresse !

— Me débarrasser de mes billes, de mes couronnes, de mes capes ! C'est affreux. Que vais-je faire ? Je sais. Je prétendrai que j'étais malade quand je l'ai demandée en mariage. C'est cela. Un rhume de cerveau m'est monté à la tête. Ainsi on ne pourra rien me reprocher si je ne l'épouse pas.

— Impossible, Sire. Le roi ne revient jamais sur sa parole, c'est le règlement.

— Voulez-vous dire que je dois l'épouser malgré tout ?

— Je le crains, Majesté.

— Malheur de malheur ! Pourquoi ne m'avez-vous pas prévenu ?

— J'ai essayé, Sire, mais vous ne m'avez pas écouté.

Le roi se lamenta.

— Il y a sûrement une solution. Trouvez-en une, vous qui connaissez si bien le règlement. Qui est le Grand Chambellan après tout ?

— Je vais voir ce que je peux faire,
Majesté.

Maître Alexandre quitta la pièce. Quand
il revint un peu plus tard, il découvrit le roi
par terre, à quatre pattes.

— Vous avez perdu quelque chose, Sire ?

— Non, non. Je mets mes billes en lieu
sûr. Il y a un trou dans le plancher. Ma

future épouse ne pensera jamais à les chercher là. Alors, rassurez-moi. Vous avez
trouvé une solution ?

— Je suis désolé, Majesté. J'ai relu le
règlement de la première à la dernière page,
sans succès. Vous devez épouser Lurette,
j'en ai peur.

— Pauvre de moi ! De quoi vais-je avoir
l'air en cape jaune à pois mauves ?

8
Ouf !

Le chat Kovski leva sa baguette, puis l'abaissa. L'orchestre attaqua aussitôt une valse. Dans l'immense salle, les animaux avaient les yeux rivés sur le roi Léon. Celui-ci s'avança d'un pas hésitant vers les dames qui attendaient, assises sur des chaises contre le mur. Parvenu à la hauteur de Lurette, il tendit la patte. La jolie panthère sourit et accepta l'invitation de son fiancé.

Le Grand Chambellan annonça très fort :

— Que le bal commence.

Le roi Léon entraîna sa partenaire au

centre de la piste. Il la fit virevolter — un, deux, trois ; un, deux, trois — ainsi que le lui avait appris Maître Lentino.

— Vous dansez merveilleusement, Léon.

Le roi la remercia distraitement — un, deux, trois. Il se demandait — un, deux, trois — où il pourrait cacher — un, deux, trois — les couronnes auxquelles il tenait tant. La tête ailleurs, il se mit — deux, un, trois — à mélanger ses pas.

— Aïe, Léon. Faites attention. Je déteste qu'on me marche sur les pieds.

— Excusez-moi.

Un, deux, trois. Il pourrait peut-être les glisser sous le matelas? Un, deux, trois. Non, Lurette les découvrirait tout de suite. Un, deux, trois. Derrière la garde-robe alors? Trois, trois, deux.

— Aïe! Vos griffes, Léon. Rentrez vos griffes.

Lurette fusilla le roi du regard.

— Pardon.

Un, deux, trois. Derrière la garde-robe

n'était pas une bonne idée non plus. Un, deux, trois. Il n'allait tout de même pas les laisser aux cuisines. Deux, un, deux.

— Aïe ! Encore ! Léon, je viens de vous le dire. Le faites-vous exprès ? Aïe ! Arrêtez immédiatement. Aïe !

Lurette souleva la patte et écrasa celle du roi, avant d'abandonner celui-ci au beau milieu de la piste. Un grand « oh ! » de stupéfaction emplit la salle.

Le Grand Chambellan se précipita vers le roi.

— Tout va bien, Sire ?

Le roi répondit sombrement :

— Nous ne sommes pas encore mariés et elle me casse déjà les pieds !

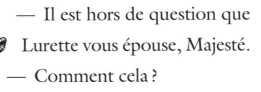

— Il est hors de question que Lurette vous épouse, Majesté.

— Comment cela ?

— Le règlement. Il est strictement interdit de marcher sur les pattes du roi sous peine de devoir quitter le palais immédiatement.

— Quel règlement bizarre ! Ne me dites pas que c'est encore moi qui l'ai inventé.

— Si, Majesté. Un jour où vous aviez des cors aux pieds et où l'hippopotame Tam les a écrasés par mégarde.

Le roi se passa la patte sur le front, soulagé.

— Quelle joie !… euh… je veux dire, c'est triste, mais il faut respecter le règlement, n'est-ce pas ? En tout cas, je peux vous garantir une chose. Dorénavant, je me tiendrai très loin des demoiselles.

À cet instant, une petite voix se fit entendre derrière lui.

— Majesté ?

Le roi Léon se retourna. Une délicieuse biche lui faisait les yeux doux.

— Oui ?

— M'accorderiez-vous cette danse, Sire ?

— Euh… Non, euh… je… enfin, euh…
Aimez-vous les billes ?

— Les billes ? Quelle drôle de question !
Oui, bien sûr. J'adore jouer aux billes,
Majesté.

Le roi évita soigneusement de regarder le
Grand Chambellan.

— Alors, une toute petite danse… juste
pour vous faire plaisir.

Est-ce vrai ?

Non, le lion ne peut pas rentrer ses griffes. Contrairement à celles du chat, elles restent toujours sorties. En réalité, le lion est plus proche de la panthère que du chat.

Oui, de l'ouvrier au premier ministre, tout le monde doit respecter le règlement (on dit plus souvent « la loi »). Mais il existe d'autres règles, par exemple les règles de politesse. Un règlement spécial appelé « protocole » indique même qui, parmi les chefs d'État, aura droit au tapis rouge, ou s'assiéra à telle ou telle place dans un banquet.

Non, on ne mange pas de crème glacée dans la galerie des Glaces. La galerie des Glaces est une sorte de long corridor du château de Versailles, situé près de Paris, en France. Elle porte ce nom parce qu'on y trouve 17 fenêtres et autant de fausses fenêtres recouvertes de miroirs. On appelle « salle des pas perdus » la grande salle où vont et viennent les voyageurs dans les gares de chemin de fer.

Oui, le coup de foudre, ça existe. Lorsqu'on tombe amoureux, une hormone provoque divers changements dans le corps. Le cœur bat plus vite. La respiration s'accélère. Les mains deviennent moites. Les pupilles des yeux se dilatent et on a l'impression d'être un peu ivre, comme si on avait bu de l'alcool.